Déclarons la paix !
Pour un progrès de l'esprit

1re édition : avril 2012

Maquette et couverture : Véronique Bianchi
Corrections : Marie-Christine Raguin, www.adlitteram-corrections.fr
ISBN : 979-10-90354-19-7
Dépôt légal : 2e trimestre 2012
Imprimé en Espagne : Beta, Barcelone.

Dalaï-lama et Stéphane Hessel

en collaboration avec
Sylvie Crossman et Jean-Pierre Barou

Déclarons la paix !

Pour un progrès de l'esprit

indigène éditions

PRÉFACE

Ce nouveau livre n'est pas, vous le comprendrez très vite, une énième profession de foi de l'auteur d'*Indignez-vous !* Indigène – son passé éditorial l'atteste bruyamment – n'est pas là pour capitaliser sur une recette que d'autres, à notre place, se sont chargés d'exploiter. Grâce à ce dialogue entre Stéphane Hessel et Tenzin Gyatso, quatorzième représentant de cette lignée des dalaï-lamas qui prend sa source au cœur de l'Asie du XVIe siècle, nous espérons aider, et révéler au plus large public possible, ce qui se joue aujourd'hui sur la planète : le retour de l'esprit. Ce mot n'est-il pas devenu choquant, déplacé, depuis que l'argent est la première valeur de l'humanité ? « C'est pour cette raison, rappelait Samdhong Rimpotché, l'ancien président du gouvernement tibétain en exil et envoyé spécial du dalaï-lama aux funérailles de l'ancien président tchèque Václav Havel, que face à la Chine, personne n'ose lever le petit doigt, ne serait-ce que pour poser une question. L'ensemble du monde est gouverné par la peur et la cupidité. »

Arrachons le mot « progrès » au seul bénéfice du conditionnement matériel, offrons-le à l'esprit. Parlons du progrès de l'esprit. Mais quel esprit ? Celui inscrit dans nos corps – ce corps, dénominateur commun entre tous les êtres humains, qu'ils croient ou ne croient pas. Cette inscription est un aveu : l'esprit ne surplombe pas la condition humaine ; il est à engager dans une vie, à construire au gré du vécu de chacun.

Tout s'est joué le 15 août, à Toulouse où, à l'occasion d'une conférence publique donnée par le dalaï-lama sur « L'art du bonheur », le corps céleste de Stéphane Hessel a rencontré l'énergie terrienne du dalaï-lama. « Nous sommes deux démons maintenant et deux sont plus forts qu'un seul ! », lança, en éclatant de rire, le chef du Tibet, rappelant que le gouvernement chinois le désignait en ces termes. Ce rôle de « démon », Hessel l'a déjà connu dans sa longue vie, en résistant contre les nazis, et aujourd'hui, contre la dictature de l'argent comme le proclame *Indignez-vous !* Quatre mois plus tard, à Prague, en marge d'un forum sur les droits de l'homme en Asie du Sud-Est, convoqué par un Václav Havel au bord de la mort en hommage au dissident chinois, Liu Xiaobo, toujours en prison un an après l'attribution de son prix Nobel de la paix, les deux hommes ont engagé pour de bon leur dialogue. Il s'agissait de voir si de nouvelles valeurs universelles s'étaient dégagées depuis le 10 décembre 1948, date à laquelle fut votée au palais de Chaillot, à Paris, par les Nations unies, la Déclaration universelle des droits de l'homme. Et si ce progrès de l'esprit, absent alors, méritait de figurer aux côtés du « progrès scientifique » inscrit à l'article 27 de la déclaration.

Ce face-à-face entre l'irréductible laïc et le pontife issu d'une généalogie de réincarnations témoignait en soi d'un temps neuf. Nous l'avons ardemment désiré, nous qui travaillons depuis 1993, soit trois ans avant la création d'Indigène, aux côtés du Tibet. Ce corps « sans canne » de dix-huit ans son aîné, dont la présence le faisait « se sentir très jeune », ajouté à sa vie vouée à la défense des droits de l'homme, fascina le dalaï-lama. Quant au vieil homme qui rencontrait là « sa première, sa seule Sainteté », il s'enquit vaillamment de l'entrée des neurosciences européennes, américaines dans les affaires bouddhiques : les effets observables de la méditation, l'introspection, du rêve lucide... sur nos santés, physique et mentale. Leurs dons d'empathie, leurs mains imbriquées, leurs fronts chauds pressés l'un contre l'autre, firent le reste.

Il apparut clairement que le génocide culturel perpétré par le gouvernement chinois à l'encontre du peuple tibétain était bien un génocide commis à l'encontre du plus universel et fondamental des biens humains, à savoir l'esprit. Les progrès inouïs qu'a faits la non-violence dans le monde depuis les années 1990 avec des leaders comme Mikhaïl Gorbatchev, Václav Havel, Nelson Mandela, Desmond Tutu, ou, plus avant, Martin Luther King et, prophète entre tous, Mohandas Gandhi – tous cités dans ce dialogue –, témoignent clairement qu'un éveil est en marche et qu'il n'est pas réductible à un lieu donné de la planète, même si certains, aujourd'hui, le portent plus douloureusement que d'autres en s'immolant de l'autre côté de la barrière himalayenne pour préserver leur culture qui revendique ce progrès intérieur.

Il manquait la généreuse implication de Stéphane Hessel apportant l'élan des indignés eux-mêmes aux quatre coins de la planète, si concernés par ce combat de l'esprit. C'est fait !

S.C./J.-P. B.

Nous tenons à remercier chaleureusement pour leur coopération active à la réalisation de ce livre :
à Zurich, Kelsang Gyaltsen, envoyé spécial du dalaï-lama en Europe, et son assistant Tenzin D. Sewo ;
à Paris, Wangpo Bashi, secrétaire général du Bureau du Tibet ;
à Schéchèn, Népal, Matthieu Ricard ;
enfin, à Kötschach-Mauthen, Autriche, Jennifer Lorenzi.

DÉCLARONS LA PAIX !
Pour un progrès de l'esprit

STÉPHANE HESSEL : Il m'arrive rarement d'être face à un homme de foi. Vous êtes ma plus chère Sainteté, je n'ai aucune autre Sainteté que vous et, à ce titre, je vais vous faire une confidence. Alors que nous rédigions la Déclaration universelle des droits de l'homme, en 1948, nous nous sommes posé cette question : devions-nous parler de Dieu ? Certains pensaient que ce serait bien de dire que si nous agissons, accomplissons des actes, c'est « au nom de Dieu ». D'autres rétorquaient : non, pas de référence à Dieu. C'était par exemple l'avis du professeur Pen-Chun Chang, un philosophe et dramaturge spécialiste de Confucius qui représentait non pas à l'époque la Chine de Mao, mais celle de son opposant, le nationaliste Tchang Kaï-chek. C'est un membre du Vatican, présent au titre d'observateur, qui nous a sortis d'affaire : « Ne parlez pas de Dieu, parlez de dignité. » Et d'ailleurs, si vous relisez le préambule de la Déclaration universelle des droits de l'homme, vous constaterez qu'il y est fait référence à « la dignité inhérente à tous les membres de la famille humaine ». À l'époque, nous ne comprenions pas que la famille humaine est en relation d'interdépendance avec son environnement, avec la nature, avec la terre. Nous avions l'impression que nous pourrions continuer à exploiter sans fin et sans dommages les énergies du monde. Nous savons maintenant que, d'ici vingt ans, les sept milliards de personnes vivant sur la planète risquent de se retrouver face à une crise sans précédent. Nous ne pouvons plus dire : « Nous aimons Paris et nous voulons que Paris soit épargné de choses terribles qui pourraient arriver. » Non, Paris n'est pas seul, la nature entière est avec nous. Nous devons étendre la notion de dignité à la nature. Car la nature peut aussi être indignée, gâtée.

DALAÏ-LAMA : Je suis un moine bouddhiste, oui, un homme de foi et comme tel j'ai fait de l'harmonie entre les religions mon engagement. Mais quand je me présente, je dis : je suis un des sept milliards d'êtres qui peuplent la planète et, dans ce corps humain, je me suis fixé pour tâche de prendre soin de l'humanité. Pas d'une nation non, ni d'un gouvernement, de l'humanité au sens large, et au-delà, de la planète que nous partageons avec les animaux, les plantes, et qui est notre seule maison. Dans notre tradition bouddhique, comme je crois aussi d'ailleurs chez certains de vos philosophes, nous estimons que les animaux éprouvent des peines et du plaisir et que donc ils ont une conscience. Quant aux plantes, il y a un débat qui dure depuis deux mille ans pour savoir si elles sont ou non douées de sensibilité[1]. En tout cas, les plantes ont le droit de survivre. À l'origine, nous habitions au cœur même de la nature et même si nos technologies modernes nous en ont éloignés, ce sentiment d'appartenance à la nature est dans notre esprit, dans notre sang. Il remonte quand nous regardons des prairies, des forêts, des fleurs. Nous ressentons de la paix et du bonheur à leur vue, à leur contact.

De l'interdépendance

S. H. : C'est important. Dans la foi chrétienne et juive, Dieu a donné pour mission aux êtres humains de nommer les objets de la nature, de dire : ceci est une forêt, cela est un arbre... Je ne crois pas que ce soit la bonne approche. L'homme n'est pas le maître de la nature, il en est seulement une composante. Et à partir de là, on peut penser que l'esprit qui prévaut dans le monde n'est pas seulement l'esprit de l'homme. L'homme peut le capter en partie, mais l'esprit ne lui appartient pas à lui seul.

D.-L. : Dans le bouddhisme, comme dans le jaïnisme – une autre des anciennes traditions de l'Inde –, il n'y a pas de créateur absolu, rien n'est totalement indépendant. Tout est le résultat de causes et de conditions. Tout est interdépendant. La seule loi qui nous gouverne est la loi de causalité[2].

S. H. : Pas de début, pas de fin, que le mouvement...

INDIGÈNE : Il semble d'après ce que vous dites l'un et l'autre sur l'interdépendance que ce concept peut être perçu différemment selon qu'on soit dans un environnement judéo-chrétien ou bouddhiste. Dans un cas, il y a Dieu, dans l'autre pas.

D.-L. : Les pratiquants chrétiens, juifs, musulmans, quelques courants même de la tradition hindoue acceptent tous l'idée d'un créateur. Toutes ces traditions ont rendu de grands services à l'humanité, pendant des milliers d'années et donc il ne sert à rien d'interférer dans leur bon déroulement. Il faut seulement travailler à améliorer les valeurs qu'elles défendent : la pratique de l'amour, la compassion, le pardon. Toutes les religions ont leur propre beauté et nous devons nous montrer respectueux envers elles. Mais si l'on veut atteindre un niveau universel, il faut se placer sur un autre plan, le plan d'une éthique séculière. Séculier ne veut pas dire le non-respect de la religion. L'éthique séculière respecte toutes les religions et tout autant les non-croyants, qui ont le droit de continuer à ne pas croire. A un niveau individuel, nous devrions adhérer à l'idée de «une religion, une vérité », alors que si on considère le niveau plus large de la famille humaine, nous devrions toujours promouvoir l'idée de « plusieurs religions, plusieurs vérités ». Dans la Déclaration universelle des droits de l'homme, il n'y a pas de distinction entre cette religion-ci et cette religion-là, entre une nation et une autre. Elle parle de l'humanité tout entière.

S. H. : Avec ou sans Dieu, nous avons une responsabilité en tant qu'êtres humains, et non plus seulement une responsabilité à l'égard de la famille humaine comme il est dit dans la déclaration de 1948. L'interdépendance dont nous parlons nous concerne tous, croyants et non-croyants. Nous avons cette nouvelle fraternité à exercer envers la nature. Nous n'avons pas été à la hauteur de cette responsabilité. Nous avons été « sauvages » avec la nature. Or, désormais, il devrait être possible d'agir pour la survie de l'herbe, du soleil et des animaux. Cela devrait devenir, selon moi, un objectif, un grand défi pour nos nations.

D.-L. : Ce n'est plus seulement notre devoir. Notre propre survie est en jeu : le réchauffement global, les fermes qui produisent de moins en moins ; l'oxygène dans nos vies quotidiennes qui se raréfie, les pollutions... Où sont nos droits de l'homme ?

S. H. : En ce moment, tandis que nous parlons, 194 États sont assis ensemble à Durban en Afrique du Sud pour la 17e session des Nations unies sur le changement climatique. Mais que font-ils ? Très peu. C'est la raison pour laquelle je suis indigné comme il est dit dans mon petit livre. Nos gouvernements sont faibles, timides. Ils savent ce que nous disons tous les deux, que la nature et l'humanité sont en danger. Mais ils ne bougent pas, ils n'ont pas de quoi agir, leurs systèmes financiers sont trop pesants.

D.-L. : Nous sommes seulement concernés par les effets immédiats de nos actes, nous négligeons les conséquences à long terme. J'en ai parlé à quelques hommes d'affaires à qui cette crise économique coûte très cher et la plupart d'entre eux ont reconnu qu'ils prêtaient peu d'attention à ce qui se passera dans les dix ou vingt prochaines années. Ils prennent soin des problèmes immédiats en faisant par exemple plus d'emprunts, mais sans prendre leurs responsabilités vis-à-vis des générations futures, de leurs enfants et de leurs petits-enfants. C'est à mon avis parce qu'ils ne pensent pas en termes d'interdépendance. L'avenir dépend du présent, tous nos projets doivent être entrepris avec une conscience des conséquences à long terme. Si ce n'est pas sur mille ans, que ce soit au moins sur dix ans ! Quand on regarde les grèves, les émeutes en Grèce et ailleurs, seraient-elles arrivées si au lieu d'imposer des mesures d'austérité d'un coup, violemment, on les avait prises graduellement, petit à petit ? C'est ce que j'appelle un manque de perspective de vue holistique.

Une carte de l'esprit

S. H. : Le passage de la connaissance à l'action est très difficile pour les êtres humains. Nous lisons de bons livres dans lesquels il est écrit : attention, vous utilisez trop d'essence, dans dix ans, il n'y en aura plus ! Vous lisez et vous vous dites : ils ont raison, mais maintenant qu'est-ce que je fais ? Je continue à utiliser ma voiture, j'essaye d'en avoir une qui roule avec un peu moins d'essence, mais j'utilise toujours une voiture. Pour que la connaissance aille jusqu'à l'action, quelque chose de plus est nécessaire, que vous avez si bien défini comme la compassion. Nous ne devons pas seulement penser, mais aussi agir, avec compassion. Penser que nous ne faisons pas les choses bonnes ou mauvaises tout seuls, mais avec les autres, pour les autres. Si nous sommes liés par le souci du bien-être des autres, alors peut-être qu'ensemble nous pourrons aller de l'avant.

D.-L. : La compassion, oui, c'est le sens des responsabilités. Quand vous prenez conscience que « moi aussi j'ai la responsabilité de prendre soin de ma maison, du sort des générations futures », alors vient la conscience des autres et l'action suit. Le sens de la responsabilité découle d'une prise de conscience. Il ne vient pas de la foi, mais d'une analyse. Je pense que le système éducatif qui existe aujourd'hui est essentiellement tourné vers les valeurs matérielles. Peu est fait pour éduquer notre système mental. Quand on aborde ce qui se rapporte à l'esprit, les gens disent que nous prônons un sujet religieux. Pourtant personne ne peut contester que notre vie de tous les jours est dirigée par notre esprit, de même que tous nos projets. Il n'empêche : nous n'avons qu'une connaissance très réduite de ce qu'est l'esprit. Si vous voulez aller sur un autre continent, vous trouvez normal de faire appel à une carte pour vous diriger. C'est la même chose quand on parle de la compassion, du pardon – qui font partie de l'esprit – il vaut mieux avoir une carte de l'esprit. On peut s'en aider pour comprendre comment on va d'une émotion à une autre : comment cette émotion qui part d'ici en crée une autre ; laquelle, elle-même, en crée une nouvelle. Cette carte nous permettrait de prendre conscience des activités incroyables qui se passent dans notre esprit. Cela n'a rien de religieux, pas du tout. Simplement, nous prenons soin de notre corps, de notre esprit qui fait partie de notre cerveau. Le cerveau est très sophistiqué. L'esprit, la conscience et les émotions – qui existent dans notre cerveau – le sont tout autant. Mais dans nos systèmes éducatifs modernes, rien n'est fait pour nous éduquer sur ce sujet.

S. H. : C'est vrai, nous n'apprenons pas grand-chose dans nos écoles sur la complexité de notre esprit. J'imagine que l'éducation bouddhique vous conduit à développer ces cartes, à y inscrire les sentiments, les émotions, ainsi que les méthodes pour les garder non-violentes. Ce que nous ne faisons ni dans notre système éducatif chrétien ni dans notre éducation moderne séculière. Nous ne tenons pas la violence à distance. Nous disons : si nous avons raison, alors, agissons !, sans penser à la nécessité de tenir compte des autres. Nous tenons ici un message important – c'est votre message, mais c'est peut-être aussi le message de la pensée moderne où les femmes sont de plus en plus amenées à jouer un rôle important.

D.-L. : C'est vrai, les femmes ont un rôle particulièrement important à jouer dans le développement de la sensibilité humaine, de la compassion, de la non-violence qui sont, comme vous venez de le souligner, encore très largement sous-développées au XXIe siècle dans les sociétés modernes où l'accent est mis sur l'excellence académique et intellectuelle plutôt que sur le développement de qualités humaines telles que la compassion, la tolérance.

Auto-immolations au Tibet

INDIGÈNE : À ce propos, accepteriez-vous de nous donner votre avis sur l'acte terrible de la nonne de trente-cinq ans, Palden Choesang, qui s'est immolée par le feu le 3 novembre 2011, dans son monastère de Gaden Choeling, dans le Sichuan ? Depuis Dharamsala, l'abbé de la principale communauté monastique de la région, celle de Kirti, a jugé qu'il s'agissait « d'un acte ultime de non-violence[3] ».

D.-L. : Il s'agit d'une question grave, difficile. Et d'autant plus sensible que le gouvernement chinois, concerné par ces événements, est à l'affût de tout ce que je pourrais dire à ce sujet. Ils sont toujours prêts à déformer mes propos et à me condamner. D'un point de vue bouddhiste, il faut s'interroger sur la motivation des moines et des nonnes qui sont contraints à commettre de tels actes. Et là je répondrai que leurs raisons vont bien au-delà de leurs sphères privées ou familiales. Ils ne sacrifient pas leurs vies pour des intérêts personnels. Leur motivation est vaste, sincère, ils ont en tête la survie du Tibet, du bouddhisme et de leurs droits politiques, culturels. On peut dire que leur motivation est juste. Mais si je dis cela, les Chinois vont immédiatement répondre en disant : « Le dalaï-lama encourage de telles auto-immolations, il pousse même davantage de gens à commettre ces sacrifices ! » Je ne peux pas le dire. Mais si je dis le contraire, alors, imaginez la tristesse des amis et de la famille de ces malheureux s'ils entendent ça : le dalaï-lama désapprouve ces moines et ces nonnes qui se sacrifient pour le Tibet ! Cette question est vraiment délicate.

S. H. : Ne pourrions-nous pas dire que la responsabilité du suicide n'incombe pas à ceux qui s'immolent, mais à ceux qui rendent impossible pour eux de continuer à vivre ?

INDIGÈNE : Votre ami le professeur américain Robert Thurman[4] dit que si le peuple chinois pouvait voir cette jeune nonne flamber comme une torche sous ces yeux, tout le système actuel s'effondrerait.

D.-L. : Les 1,3 milliard de Chinois ont le droit absolu de connaître la réalité et le droit absolu de juger eux-mêmes de ce qui est juste ou pas. La censure, avec l'intention de contrôler et de suprimer, est immorale. Le gouvernement chinois n'a pas le courage de faire face à la réalité et préfère réprimer par les armes, par l'occupation, par une information déformée. Depuis l'occupation chinoise en 1959, selon nos sources, plus d'un million de Tibétains ont été tués ou ont péri dans des camps de concentration ou pour cause de famine. Les documents militaires chinois pour leur part mentionnent qu'entre mars 1959 et septembre 1960, dans la seule région de Lhassa, 87 000 personnes ont trouvé la mort. En dépit de tant de souffrances, nous sommes toujours engagés dans la non-violence. Notre politique stricte de non-violence porte ses fruits : ces deux dernières années, nous avons recensé pas moins de mille articles écrits par des Chinois, dans leur propre langue, qui soutiennent ce que nous appelons aussi la « Voie du milieu », l'autre nom de l'interdépendance, et se montrent très critiques à l'égard de leur propre gouvernement. Récemment, j'ai reçu une lettre d'un jeune Chinois très éduqué de Pékin. Il disait avoir cru, à cause de la propagande du gouvernement chinois, que le dalaï-lama était un séparatiste, une personne qui recherchait l'indépendance. Mais suite à sa rencontre avec un Tibétain qui effectuait depuis l'Inde un pèlerinage vers un lieu sacré bouddhiste en Chine, il avait appris que le dalaï-lama ne cherchait pas l'indépendance, seulement à sauver la culture tibétaine. Il m'écrivait qu'il me soutenait désormais complètement et que si cette réalité était connue de tous les Chinois, alors 100 % des Chinois me soutiendraient aussi. Les dirigeants chinois ont une armée puissante, mais à l'intérieur d'eux-mêmes, ils sont pleins de peur. Nous, les Tibétains, avons un esprit bien plus fort, il n'y a aucun doute sur ce point !

Le grand « Nous »

S. H. : Le monde ne change pas aussi facilement que nous le souhaiterions, mais il est en train de changer. Votre message est un message de confiance et de courage. J'essaie aussi, avec des moyens limités, d'exprimer cela quand je rencontre des jeunes gens. Je leur dis : la situation n'est pas bonne, mais ayez foi, confiance, et faites preuve de courage. Et alors les choses changeront graduellement ou soudainement. À la condition de ne pas agir seul, mais avec les autres. La génération du début du XXIe siècle a un énorme avantage par rapport à nous. Jeunes, nous pouvions peut-être avoir des téléphones, mais nous n'avions pas d'e-mails, d'ipads, etc. Aujourd'hui, mes enfants, mes petits-enfants et même mes cinq arrière-petits-enfants utilisent tout ça. Un mot juste ou une image forte peuvent maintenant se répandre à travers le monde très rapidement.

D.-L. : Les technologies modernes d'information sont un avantage énorme en effet.

S. H. : Notre société moderne est fragile. Il semble parfois qu'elle s'écroule. Et en conséquence, le changement peut être plus rapide que lors des siècles précédents. Combien de siècles a-t-il fallu pour commencer à parler des droits de l'homme ? Quatre ou cinq ? Vous avez un grand avantage, Votre Sainteté, c'est de pouvoir compter sur un esprit qui a déjà des milliers d'années, dont la force n'a pas été ébranlé, qui est là depuis des siècles et qui est toujours aussi solide. Pour nous, ce n'est pas si facile. Nous prenons appui sur le XVIe siècle, ce siècle où l'Europe a commencé à changer, cet élan s'est poursuivi avec la Révolution française, puis la Révolution américaine, puis la Révolution russe. Quels qu'en soient les avatars, notre histoire s'est construite graduellement. Mais, vous, j'ai le sentiment que vous êtes sur un sol ferme, que vous vous appuyez sur des fondements très très anciens.

D.-L. : La tradition judéo-chrétienne aussi est très ancienne ! Personnellement, sur un plan pratique, je crois que les frères et les sœurs chrétiens ont apporté de précieuses contributions dans les domaines de l'éducation et de la santé, partout dans le monde. Le bouddhisme, très très peu. L'islam, d'une façon limitée, de même pour l'hindouisme. Récemment, j'étais à Calcutta pour l'anniversaire de la mort de mère Teresa et j'ai mentionné toute sa force intérieure, sa détermination qu'elle devait à la tradition chrétienne, à son amour pour Dieu. C'est formidable de se sentir aussi proche de Dieu, mais inversement, cela vous rend moins sensible au travail sur votre système mental. Dans le bouddhisme, le Bouddha lui-même l'a dit à tous ses disciples : « Mon enseignement ne doit pas être adopté par dévotion, par foi, mais seulement après une investigation en profondeur. » Cette pratique nous donne plus de responsabilités : le Dieu judéo-chrétien assume toutes les responsabilités alors que le Bouddha met la responsabilité sur les épaules de ses adeptes !

S. H. : Merci de nous rappeler ainsi à l'exercice possible de nos responsabilités humaines.

D.-L. : Oui, nous pouvons développer cette pratique de l'interdépendance, développer ce grand « Nous » dont fait partie la terre entière. Un grand « Nous », plutôt qu'un grand « Tout ». Mais actuellement, nous restons encore dans un système régi par une démarcation entre

« nous » et « eux ». Et cette ligne reste inscrite dans notre mental. C'est ce qui nous pousse à être dans l'intérêt personnel, dans des conflits, et parfois à vouloir exploiter notre voisin, à l'intimider. C'est l'origine de la violence, de la guerre. Toutefois, si vous portez en vous ce sens de la fraternité universelle, alors votre cœur s'ouvrira naturellement. Vous agirez dans la transparence, la vérité et vous y gagnerez en force intérieure, en confiance, confiance en vous et confiance en l'autre, vous exercerez l'amitié. Je pense souvent à mes soixante dernières années et je me dis que ma vie a été plutôt turbulente. J'ai vécu des drames, des situations lourdes, même si je n'ai jamais passé de temps, comme vous, dans un camp de concentration...

S. H. : Pas très longtemps... Je n'ai passé que dix mois en camp de concentration.

D.-L. : Tous les problèmes sont encore là, les peurs aussi, c'est triste. Mais, en même temps, je constate que mon esprit est tout à fait en paix.

Une très vieille science indienne

S. H. : Comment gardez-vous votre esprit en paix en dépit de tous les problèmes ?

D.-L. : Je dis aux gens deux choses : d'abord, utilisez votre intelligence correctement. Toute situation peut être envisagée sous des angles différents. Si je pense à mon cas, je peux dire : j'ai perdu mon pays, j'ai passé la majeure partie de ma vie en exil, comme réfugié. Mais je peux aussi dire : j'ai trouvé le monde entier, je peux être en contact direct, sans cérémonial, avec les autres. Si j'étais resté dans mon palais du Potala, à Lhassa, je me serais perdu en fonctions cérémonielles qui ne servent à rien.

Le second facteur, c'est la chaleur du cœur. Actuellement, nous restons dans un système régi par cette démarcation entre « nous » et « eux ». Et cette ligne est toujours inscrite dans notre mental. Elle nous sépare de ce sens de la fraternité universelle.

S. H. : En matière de raison, vous êtes très fort, vous connaissez beaucoup de choses, beaucoup plus que moi. Vous avez été en contact avec des neuroscientifiques très modernes et vous avez trouvé que ce qu'ils ont découvert est proche de votre propre expérience.

D.-L. : Ils ont découvert que la colère, la peur et la haine sont en train de dévorer notre système immunitaire. Un état d'esprit calme est essentiel pour notre bien-être, physique et mental.

S. H. : C'est vrai, cela nous rend malades...

D.-L. : Depuis plus de vingt ans, je dialogue avec des scientifiques. Pour eux, la connaissance ancienne indienne sur la conscience, sur l'esprit, les émotions, est extrêmement intéressante. Il sont de plus en plus nombreux à manifester le désir d'obtenir des informations. Les bouddhistes parlent de l'étude et de l'investigation de nos esprits à la première personne. Depuis des siècles, nous nous entraînons à nous montrer attentifs aux changements de perception mentale. Nous nous appuyons sur des techniques d'investigation, d'introspection, de contemplation, pratiques qui ont été mises au point au fil des siècles. La méditation est la principale de ces techniques. Ce n'est en aucun cas une pratique religieuse, mais bien un exercice rigoureux d'observation et de développement de l'esprit.

S. H. : L'amour et la haine sont les deux forces principales. Comment peut-on se débarrasser de la haine ? Nous sommes tous haineux à un moment ou un autre de notre vie.

D.-L. : Une carte mentale s'est dessinée grâce à nos travaux communs, avec mes amis scientifiques, des personnes extraordinaires comme Francisco Varela, « Richie », Matthieu Ricard[5]... qui nous ont fait bénéficier de leurs technologies, de leurs savoir-faire : l'activité du cerveau peut aujourd'hui s'observer au millième de seconde, au millimètre près. Une fois le paysage mental éclairci, maîtrisé, nous pouvons même cultiver des émotions positives, comme la compassion, le pardon, de façon à réduire les émotions destructrices que sont la colère, la méfiance, la peur, la haine, autrement dit changer de tempérament. Encore une fois, ce n'est pas un enseignement religieux, simplement une science de l'esprit. Vous, quand vous étiez dans les camps de concentration, vous avez dû ressentir beaucoup de haine envers les nazis...

Sans canne ni haine

S. H. : Non, de la haine, non...

D.-L. : Je vous crois ! Car si vous avez atteint un tel âge sans avoir besoin d'une canne pour marcher, c'est la preuve que votre état mental est calme, en paix. Votre bonne santé a suivi. De cela, je suis absolument certain !

S. H. : Je vais vous raconter un moment vraiment extraordinaire dans ma vie. J'étais à Paris, en 1943, j'étais un agent secret et soudain, j'ai été arrêté. Quelqu'un a mis un pistolet dans mon dos. J'ai pensé : « C'est la fin, ils vont me tuer. » Ils n'avaient aucune raison de ne pas le faire : j'étais un agent étranger, ils étaient les vainqueurs, ils avaient gagné la guerre pour l'instant. Il y a eu un moment de différenciation entre l'esprit et le corps. Le corps est devenu faible, l'esprit est resté ouvert. Ce fut pour moi une expérience extraordinaire. Cela n'a pas duré longtemps, car après j'ai été emmené, interrogé. Mais il reste ce moment unique où vous vous dites : « Ah, cela veut dire la mort ! » Et vous survivez ! Je suis toujours là. J'ai survécu.

D.-L. : Vous n'avez pas seulement survécu, vous avez survécu avec dignité. Vous n'avez pas éprouvé de haine pour vos ennemis. Nous avons une pratique bouddhiste qui dit : « Votre ennemi est le meilleur professeur. » De lui, vous pouvez apprendre comment pratiquer la tolérance et la patience qui sont très utiles pour garder sa détermination. Même si au début vous êtes plein d'enthousiasme, une extrême impatience peut conduire à la haine, à la peur et au doute. La tolérance n'est pas un signe de faiblesse mais de force. Plus vous avez de confiance en vous, et plus la tolérance viendra. La colère est un signe de faiblesse.

Le fossé entre les pauvres et les riches

S. H. : Malheureusement sur terre, certains disent : « Nous n'avons pas les privilèges que nous méritons, nous sommes pauvres, nous sommes malheureux. Et ces gens là-bas, ces capitalistes, ces gens avec le pouvoir, nous les détestons, nous voulons les détruire... » Pour ouvrir leur esprit, leur cœur, ce n'est pas facile.

D.-L. : Je me rappelle ma première visite en Europe, en 1973 ; un jour, à Genève, j'avais choqué un vieux gentleman anglais en disant que je n'avais pas beaucoup d'espoir dans les anciennes générations, à cause de leur esprit, figé, rigide. Depuis, le fossé s'est encore agrandi entre les riches et les pauvres. À l'époque, les gens vivaient isolés, et naturellement ils se sentaient menacés. Les sociétés occidentales avaient atteint leur but depuis déjà quelque temps, mais elles n'avaient pas tendu la main aux autres. Notre façon de penser est toujours la vieille façon, cette rupture entre « nous » et « eux ».

Le fossé s'est même agrandi. Le pouvoir terrifiant que les institutions économiques ont pris dans notre société, et la détresse que la pauvreté continue à semer, devraient nous contraindre tous à rechercher les moyens de transformer notre économie en une économie fondée sur la compassion, laquelle applique les principes de dignité et de justice pour tous tels qu'ils sont inscrits dans la Déclaration universelle des droits de l'homme. Où qu'elle se développe, la pauvreté contribue à menacer l'harmonie sociale, à favoriser la mauvaise santé, la souffrance et les conflits armés. Car la pauvreté n'est pas seulement condamnable sur le plan moral ; sur le plan pratique, elle s'avère une source inépuisable de problèmes, de conflits, de guerre. Je pense par exemple au conflit entre l'Inde et le Pakistan au sujet du Cachemire ; à la question israélo-palestinienne ; au terrorisme... Si nous continuons sur cette lancée, la situation risque de devenir irréparable. Le fossé croissant entre « ceux qui ont » et « ceux qui n'ont pas » engendre une souffrance qui affecte tout le monde. Nous ne demandons pas seulement de la compassion pour ceux qui souffrent, mais davantage d'engagement en faveur d'une plus grande justice sociale.

S. H. : Le respect de tous peut aujourd'hui, à mon avis, s'exercer à travers le droit international. Nous vivons dans un monde international institué. Depuis 1945, nous vivons avec la charte des Nations unies. Les Israéliens disent que Dieu leur a donné leur terre, leur a donné Hébron. Mais moi je dis : la charte des Nations unies ne vous a pas donné cette terre. Vous êtes un membre des Nations unies, alors respectez la charte, respectez la Déclaration universelle, les droits culturels et sociaux qu'elle proclame. La loi internationale doit prévaloir sur l'égoïsme national. Quand un État n'obéit pas, comme la Chine qui ne respecte pas la loi internationale – laquelle stipule bien que tous les peuples ont droit à leur propre culture –, alors cet État devrait être contraint de s'y soumettre au lieu de s'en tenir à son égoïsme de nation.

D.-L. : Bien sûr !

Pratique de la non-violence

INDIGÈNE : Le Printemps arabe nous a montré d'un côté ce que le président américain Obama a qualifié de révolution non-violente – ce fut le cas de la Tunisie et de l'Égypte, avec un usage nouveau et intensif d'Internet, la création d'un espace mental élargi, commun – et de l'autre, des interventions militaires comme en Libye qualifiées par ceux qui les ont déclenchés de « guerres humanitaires ». Ce dernier terme nous paraît assez paradoxal. Les droits de l'homme ne sont-ils pas indissociables de la non-violence ?

D.-L. : Bien sûr. Les droits de l'homme veulent dire le respect de la vie humaine et de la dignité.

S. H. : La défense des droits de l'homme se veut non-violente. Mais les droits de l'homme bafoués peuvent engendrer de la violence. C'est là que la notion de « respect » intervient. Elle est terriblement importante. Nous avons besoin de tolérance et de respect. Personne n'a le droit de dire : parce que « mes » droits humains sont violés, je vais avoir recours à la violence. Pas plus que l'indignation pour la défense d'un seul intérêt personnel ne se justifie. S'indigner oui, mais au nom de valeurs humaines qui nous concernent tous.

D.-L. : Si les circonstances sont telles que des actions dures s'imposent, s'il n'y a aucun autre choix, alors même si ces actions peuvent avoir l'air violentes, elles sont, dans leur nature, essentiellement non-violentes. Théoriquement, c'est possible. Mais, sur un plan pratique, ce n'est pas si simple. La seule démarcation possible, entre violence et non-violence, c'est la motivation. Quant à la corruption, qui devient une véritable épidémie dans le monde moderne, je dis souvent que c'est une forme de violence. Parce que sa motivation est la tricherie, le mensonge, c'est une action essentiellement violente dans sa nature

INDIGÈNE : Donc, on pourrait commettre un acte violent avec un cœur non-violent ?

D.-L. : En théorie oui, mais pratiquement, comme je l'ai déjà dit, ce n'est pas si simple.

INDIGÈNE : Gandhi va jusqu'à dire : « Je crois en vérité que s'il fallait absolument faire un choix entre la lâcheté et la violence, je conseillerais la violence. » À titre d'exemple, il rapporte que son fils aîné l'interrogea un jour sur ce qu'il aurait dû faire quand il fut, lui son père, victime d'un attentat en 1908. « Je lui ai répondu que son devoir aurait été de me défendre même s'il lui avait fallu employer la violence[6]. »

D.-L. : Dans le bouddhisme, il y a une parabole qui va dans ce sens. Le Bouddha, dans une vie antérieure, était capitaine d'un bateau dont l'équipage s'élevait à cinq cents marins. Il apprit que l'un d'entre eux complotait de tuer les quatre cent quatre-vingt-dix-neuf autres pour leur voler leurs biens. À trois reprises, il tenta de le dissuader, mais le marin s'obstinait. Alors, il fit ce raisonnement : « Si je ne tue pas ce marin, les quatre cent quatre-vingt-dix-neuf autres vont mourir. Mais d'un autre côté, en le tuant, j'accepte de m'exposer aux conséquences karmiques négatives qu'entraîne le meurtre d'une personne dans le but de sauver quatre cent quatre-vingt-dix-neuf vies humaines et aussi pour empêcher cette personne de commettre le pêché de tuer quatre cent quatre-vingt-dix-neuf personnes. En outre, si je ne tue pas celui qui complote, je me rends indirectement coupable de la mort de quatre cent quatre-vingt-dix-neuf personnes. » Alors, il a pris son arme et tué le marin.

Nous devons juger au cas par cas

S. H. : Attention ! Le sacrifice de son propre péché pour se débarrasser des péchés de centaines de personnes est ce qu'invoquent tous les tyrans modernes qui disent : « Je dois utiliser la torture, car si je parviens à faire dire à cette personne où sont les armes, je sauverai des milliers de personnes. » À mon avis, il y a un danger à soutenir que la violence est quelquefois nécessaire, et que par conséquent nous devons pardonner à ceux qui commettent la violence. On y recourt, au nom des droits de l'homme, contre des tyrannies à l'égard desquelles nous nous sommes montrés impuissants, alors qu'il eût fallu d'abord empêcher qu'elles se développent. Elles ont été acceptées au nom d'intérêts égoïstes qui ont prévalu sur la souffrance des peuples. Disons, plus généralement, que la violence contre quelqu'un d'autre est difficilement justifiable, mais que la violence à l'égard de soi-même peut parfois être le choc qui déclenche un grand changement comme en Tunisie, après l'immolation par le feu de ce jeune marchand ambulant, Mohamed Bouazizi[7]– Nous ne pouvons jamais savoir quelle va être la principale cause du changement. Nous pouvons dire que le changement vient graduellement, mais soudain quelque chose ou quelqu'un comme Gorbatchev[8] devient l'élément clé qui précipite le changement, ou comme Nelson Mandela[9] – parce que ces personnes sont visionnaires, mais aussi parce que les circonstances ont changé. Je suis sûr qu'un jour la Chine changera, graduellement, ou sous le choc de quelques-uns qui commettent un acte inattendu comme s'immoler par le feu.

D.-L. : Je suis d'accord, c'est pourquoi j'ai dit « en théorie », mais en pratique, c'est très compliqué et souvent imprévisible. La tyrannie, dans la plupart des cas, vient de la dictature exercée par des systèmes qui ne sont pas démocratiques. Nous devons juger ces situations complexes au cas par cas, nous ne pouvons pas généraliser. Beaucoup de problèmes actuels sont dus à notre négligence dans le passé. Enfin, je veux ajouter une autre grande différence entre la violence et la non-violence : avec l'usage de la force, les conséquences sont extrêmement imprévisibles. Le pire peut toujours arriver. On ne peut ni prédire ni contrôler les effets de la violence, comme on le voit récemment en Irak et en Lybie, terribles exemples. Avec la non-violence, et même si ses fruits sont parfois longs à venir, il y a relativement très peu de risques et ils sont pour l'essentiel prévisibles.

S. H. : À mon avis, il faut bien différencier la non-violence d'une part, et d'autre part la détermination, la confiance, le courage. Nous pouvons nous faire complètement confiance, nous pouvons être courageux, et néanmoins refuser la violence. Que disent les mouvements d'indignés qui aujourd'hui se lèvent partout dans le monde ? « Nous avons des valeurs, nous ne céderons pas sur elles. Nous sommes déterminés, mais nous n'utiliserons pas la violence. » Mandela, Václav Havel[10], Martin Luther King[11], Gandhi même – car il faut nuancer l'affirmation citée plus haut et se souvenir que Gandhi s'est toujours élevé contre le terrorisme –, tous l'ont dit : « Soyez déterminé, soyez courageux, intrépide, exposez votre propre vie si nécessaire, mais ne tuez jamais quelqu'un d'autre ! » C'est possible, parfois impossible. Je ne sais pas, qu'en pensez-vous ?

D.-L. : En 1959, quand je suis arrivé en exil, en Inde, depuis le Tibet occupé par la Chine, de nombreux adeptes de Gandhi m'ont suggéré d'organiser la lutte au sein du Tibet comme lui-même l'avait fait en Inde. Je leur ai répondu que l'impérialisme anglais, même s'il était mauvais, s'inscrivait dans un gouvernement fondé sur des valeurs démocratiques : un système judiciaire relativement indépendant, une liberté d'expression et une presse libre. Depuis sa prison, Gandhi pouvait se faire entendre, écrire des articles. Dans l'impérialisme moderne, comme c'est le cas avec le communisme chinois, il n'y a pas de démocratie, pas de règle de droit. Cela fait toute la différence. Je maintiens pourtant que nous devons continuer de nous battre pour la reconnaissance de nos droits d'une manière non-violente, même si certains jeunes Tibétains nous estiment trop passifs. « Plus de cinquante ans ont passé depuis 1959 et rien n'a eu lieu », disent-ils. Je leur réponds : « Regardez, de plus en plus de Chinois nous expriment leur solidarité. » Ce soutien du peuple chinois est une victoire importante. Si nous avions utilisé la violence, ce soutien serait inexistant. Et après tout, la durée de vie d'un gouvernement de dictateurs peut être longue, mais le peuple chinois restera toujours sur la terre chinoise. Les dictateurs finiront bien par disparaître un jour ou l'autre, même si ce n'est que dans dix mille ans !

Progrès scientifique et progrès de l'esprit

INDIGÈNE : Albert Camus, un écrivain français, prix Nobel de littérature en 1957 déclarait : « J'ai étudié la théorie de la non-violence et je ne suis pas loin de conclure qu'elle représente une vérité digne d'être prêchée par l'exemple. Mais il y faut une grandeur que je n'ai pas[12]. »

S. H. : Il était très modeste, il disait : « J'aimerais pouvoir être non-violent, mais cela nécessite une hauteur d'esprit que je ne possède pas » ; c'était bien de sa part de le dire. « Je ne suis pas assez fort pour accepter la non-violence. » Il faut être très fort pour pouvoir vivre avec la non-violence. Si vous êtes dans une situation où vous êtes tenté par la violence, pour être capable de dépasser cette tentation, vous avez besoin d'un esprit vaste et grand. Il vivait en Algérie à une époque de conflits entre les Français et les Algériens qui luttaient pour leur indépendance. Il disait : « Je ne suis pas assez fort pour être comme Gandhi. » Il est clair qu'il faut non seulement de l'intelligence mais aussi du cœur.

D.-L. : Une conscience claire et forte.

INDIGÈNE : Peut-on enseigner la non-violence ?

D.-L. : Le résultat de notre travail avec les neuroscientifiques commence à porter ses fruits. Il y a deux ans, dans la province de Québec, à Montréal, plusieurs universités et professeurs se sont rassemblés pour proposer un cours : une manière laïque d'enseigner la compassion, ils m'ont invité et j'y suis allé. Une telle approche va à l'encontre des systèmes d'éducation moderne qui font peu cas de l'éthique. Je me souviens très clairement, il y a de nombreuses années de cela, d'un pasteur allemand qui, un jour où j'abordais ce sujet de l'éthique séculière dans une conférence, m'a contrecarré : « Toute éthique doit être fondée sur la religion. » J'ai retrouvé ce point de vue chez un de mes amis, musulman ; à ses yeux, il n'y avait pas non plus d'éthique sans religion. S'il en était ainsi, on ne pourrait pas envisager un enseignement destiné aussi bien aux croyants qu'aux non-croyants, et donc universel. Par ailleurs, je crois qu'il est possible de développer des qualités humaines comme la compassion, la tolérance et l'intégrité même sans foi, sur la base de valeurs qui ne découlent pas nécessairement de la religion.

Je qualifie ces valeurs universelles d'éthique séculière. Le terme séculier, ici, selon la Constitution indienne, ne veut pas dire irrespect ou non-respect de la religion. Mais bien au contraire, le même respect à l'égard de toutes les religions et des non-croyants. Aujourd'hui, de plus en plus d'éducateurs, de scientifiques, sont engagés dans des programmes expérimentaux et ils ont déjà obtenu des résultats très positifs. L'année prochaine, en Inde, à New Delhi, nous allons tous nous réunir au sein d'une université indienne, avec des enseignants qui ont les mêmes préoccupations, et nous allons conduire des recherches très sérieuses pour savoir comment introduire dans les systèmes d'éducation modernes des méthodes laïques pour enseigner l'éthique. J'ai espoir que d'ici un à deux ans, nous serons en mesure d'offrir des propositions concrètes. Nous allons commencer en Inde parce que cet esprit séculier, très sain, existe dans la tradition indienne depuis des siècles, qu'il fait partie de sa culture, et qu'en l'inscrivant ensuite dans sa Constitution, l'Inde en a fait un principe sacro-saint de son système politique.

INDIGÈNE : Donc, on pourrait imaginer d'introduire ce « progrès de l'esprit » puisqu'il a vocation à être universel, dans le grand programme proposé par la Déclaration universelle des droits de l'homme. Pour l'heure, elle ne se réfère qu'au « progrès scientifique » dans son article 27. Or, c'est proprement à ce progrès qu'on doit aujourd'hui de pouvoir donner une validité universelle – et non plus religieuse – à une « science de l'esprit ».

D.-L. : Oui, je le pense. Je le répète : l'esprit peut s'aborder de deux manières – à un niveau religieux, de l'ordre de la foi – et qui ne sera donc pas universel – et à un autre niveau, plus fondamental, universel, propre à tous – l'esprit tel qu'il s'inscrit dans notre corps, qui est propre à tous les humains, et auquel nous nous adressons quand nous parlons d'une « carte de l'esprit ».

Une démocratie spirituelle

S. H. : Je suis en plein accord avec vous, mais je tiens à insister sur le mot démocratie. La démocratie, ce sont les gens, pas les privilégiés, mais les gens en général. Si nous constatons partout des différences terribles entre les plus riches et les plus pauvres, il faut que la démocratie agisse, réagisse, aide les plus pauvres à pouvoir vivre avec leurs droits et leurs libertés. C'est à cela que la politique sert, et nous retrouvons le terrain spirituel. Nous voulons avoir des gouvernements pas seulement intéressés par leur propre fierté nationale mais qui apprennent à travailler ensemble. Nous avons besoin de l'intergouvernemental et de la multilatéralité, parce que maintenant nous savons ce qui se passe partout. Quelqu'un est tué au sud de l'Égypte : nous savons immédiatement ce que nous pouvons faire. Nous avons besoin d'un leadership démocratique pour le monde entier, en accord avec cet exercice laïc de l'esprit, tel que vous venez de le formuler, en faveur de la non-violence, de la compassion. Démocratie laïque, oui, ce qui n'exclut pas un plan plus élevé, la spiritualité de la tolérance. Mais c'est à vous de le dire. Je ne suis pas celui qui doit parler.

D.-L. : Si, vous êtes mon aîné, vous avez des choses à nous dire. Vous avez été en poste à l'ONU aux tout débuts de son existence et vous avez tenu un rôle dans l'élaboration de la Déclaration universelle des droits de l'homme. Aujourd'hui, je sollicite votre conseil sur cet organisme le plus haut du monde, qui est malheureusement devenu un organisme des gouvernements, pas des peuples. Je dis souvent que le monde appartient à l'humanité, pas aux rois, pas aux leaders spirituels ni aux hommes d'affaires. L'Amérique appartient à ses 320 millions d'Américains, pas au Parti républicain ou au Parti démocrate. La Chine appartient aux 1,3 milliard de Chinois, pas au Parti communiste. Par le peuple pour le peuple, voilà un vrai système démocratique ! C'est le meilleur. Pour ma part, j'ai moi-même procédé, en 2011, à des changements qui vont dans ce sens en dissociant la fonction de chef temporel du Tibet de la fonction religieuse. C'est là l'aboutissement de réformes entreprises depuis le début des années 1960 avec l'introduction d'élections démocratiques pour choisir des représentants du peuple tibétain et, en 2001, un chef politique au gouvernement en exil. Tout cela évidemment, hélas, ne concerne que la communauté tibétaine de l'exil. Quand la crise en Irak a éclaté, plusieurs personnes m'ont écrit pour me presser d'aller à Bagdad rencontrer Saddam Hussein. J'ai répondu qu'une telle visite n'avait pas de sens parce que je n'avais aucune connexion préalable avec lui et que je ne connaissais personne en Irak. Comment aurais-je seulement pu m'y rendre ? J'ai pensé à l'époque que ce serait plus efficace de convaincre un groupe de lauréats du prix Nobel de se rendre eux-même en Irak pour tenter de résoudre cette situation explosive pacifiquement, de manière non-violente. J'ai même suggéré cela lors d'une réunion du Forum 2000 à Prague, un cycle de conférences annuelles organisées à l'initiative de l'ancien président tchèque Václav Havel. Ils se sont montrés intéressés et voulaient travailler sur cette suggestion. Quand les Nations unies s'en mêlent, on pense automatiquement que c'est l'Amérique ou une autre grosse puissance politique qui est derrière. Cela, malheureusement, rend inefficaces beaucoup d'initiatives de l'ONU. En même temps, je trouve que le fonctionnement des Nations unies est entravé par leur système de gouvernance non démocratique. Le droit de veto au Conseil de sécurité[13] est un réel problème. Un ou deux États membres de ce Conseil peuvent, contre l'avis général, bloquer toute une procédure.

Réformes aux Nations unies

S. H. : Il est insupportable en effet de voir actuellement la Russie et la Chine, membres tous deux du Conseil de sécurité, empêcher, au nom de leurs seuls intérêts nationaux, une résolution de l'ONU condamnant la terrible répression exercée par le régime de Bachar Al-Assad dont les images atroces nous parviennent quotidiennement grâce à Internet. Il est grand temps que l'on transforme le Conseil de sécurité en un organe chargé de la sécurité politique, mais aussi de la sécurité économique et sociale. Y siégeraient les vingt ou vingt-cinq États du monde les plus « responsables » en raison de leur poids démographique, économique et culturel. Il n'y aurait pas de veto. Les décisions seraient prises à une majorité qualifiée : celle des deux tiers par exemple.

D.-L. : Il y a déjà plusieurs années que je souhaite voir naître un organisme composé non pas de représentants de gouvernements mais simplement de bons êtres humains, comme Václav Havel, l'ancien président tchèque, comme le révérend Desmond Tutu[14] d'Afrique du Sud ou comme vous, à qui les gens font confiance. Un tel organisme pourrait réellement représenter l'humanité auprès du secrétaire général de l'ONU et notamment en période de crise, quand les décisions sont prises sans envisager l'intérêt plus général.

S. H. : Je suis bien d'accord avec vous. Nous avons besoin d'un comité des sages avec des personnes comme Gorbatchev émancipées du pouvoir et que n'intéresse que le bien-être de l'humanité. Des personnes assez sages pour dire au secrétaire général des Nations unies : « Supprimez le droit de veto, rassemblez ! » Mais nous avons besoin aussi d'une jeune génération qui descende dans la rue, partout, et qui dise : « Nous n'en pouvons plus de la façon dont nous sommes gouvernés. Nous voulons un gouvernement réellement démocratique. » Et s'ils sont nombreux dans les rues, alors les gouvernements sentiront qu'ils doivent soit écouter les sages, soit opprimer la jeunesse, et comme ils ne voudront pas opprimer la jeunesse, ils auront intérêt à écouter les sages !

D.-L. : C'est possible.

S. H. : Oui, le secrétaire général a pour mandat de préserver la paix et d'aider à son développement. S'il se dit : « Mon travail a besoin du soutien de personnes sélectionnées pour leurs connaissances, leur sagesse, leurs multiples origines culturelles ; une dizaine, pas plus, de personnes de grand nom dont une majorité de femmes ; elles pourront aider aux réformes nécessaires au sein de l'ONU en tant que responsables du bien-être de l'humanité, parce que nous vivons sur un seuil, un seuil dangereux », il peut le faire. Les Nations unies certes sont un organisme intergouvernemental, les décisions sont prises par les gouvernements, mais le secrétaire général, selon l'article 99 de la charte, a la responsabilité de permettre à l'institution d'aller de l'avant. C'est sa mission.

INDIGÈNE : Ce comité des sages pourrait se pencher sur cette réflexion surprenante du père Ponchaud, un prêtre des Missions étrangères de Paris qui connaît bien l'Asie : il fut le premier à avoir alerté l'opinion publique internationale sur le système concentrationnaire khmer rouge. Il déclarait : « Au risque de scandaliser, je pense que la notion de droits de l'homme n'est pas universelle, mais un héritage judéo-chrétien que je revendique dans mes actions humanitaires : toute personne est fille ou fils de Dieu ! Le seul sacré c'est l'homme. Pour un bouddhiste, la notion de personne n'existe pas. L'homme n'est pas un sujet, mais simplement un faisceau d'énergies qui se charge de positif ou de négatif en fonction de ses bonnes ou mauvaises actions ! Il est automatiquement jugé. Cet apport chrétien à l'humanité ne peut être imposé. L'Occident, d'ailleurs, dans son matérialisme et son arrogance, me semble assez mal placé pour parler de droits de l'homme[15] ! » Qu'en dites-vous ?

S. H. : Je suis en complet désaccord. Les défauts de l'Occident matérialiste sont signalés à juste titre par le père Ponchaud. L'effort des rédacteurs de la Déclaration universelle ne concerne pas l'Occident, mais bien l'universalité des êtres humains. Ses rédacteurs comprenaient un Chinois, un Libanais, des Latino-Américains, un Indien. Ce n'est pas pour rien que René Cassin[16] a pu faire adopter l'adjectif « universel » pour ce texte, à cet égard unique parmi les textes internationaux. Ne laissons pas des dictateurs se réfugier derrière l'accusation d'occidentalisme de ce texte pour échapper à ses exigences. Non, Dieu n'est pas celui qui impose la justice. Ce sont les hommes, les démocrates, qui portent cette responsabilité.

D.-L. : Quel que soit le pays ou le continent dont nous sommes issus, nous sommes tous fondamentalement les mêmes êtres humains. Nous avons les mêmes besoins et soucis. Nous recherchons tous le bonheur et tous nous essayons d'éviter la souffrance indépendamment de notre race, de notre religion, de notre sexe et de notre statut politique. Les êtres humains, en vérité tous les êtres sensibles, sont en droit de revendiquer le bonheur, de vivre en paix et librement. Certains gouvernements d'Asie ont soutenu que les critères des droits de l'homme énoncés dans la Déclaration universelle sont ceux revendiqués par l'Occident et qu'ils ne peuvent être appliqués en Asie et dans d'autres parties du tiers-monde en raison de différences culturelles et des niveaux inégaux de développement social et économique. Je ne partage pas ce point de vue et je suis convaincu que la majorité du peuple asiatique ne le partage pas non plus, car il est dans la nature inhérente de tous les êtres humains d'aspirer à la liberté, à l'égalité, à la dignité, et ils ont droit au même titre que les autres à y parvenir. Je ne vois aucune contradiction entre le besoin de développement économique et le besoin de respect des droits de l'homme. La riche diversité des cultures et des religions devrait aider à renforcer les droits humains fondamentaux dans toutes les communautés, car ce qui sous-tend cette diversité, ce sont des valeurs et des aspirations qui nous relient en tant que membres de la même famille humaine. Les différences sociales et culturelles ne peuvent en aucun cas être utilisées pour justifier les violations des droits de l'homme. Aucune ne peut excuser qu'on exerce une discrimination à l'égard d'une personne d'une race différente, à l'égard des femmes et des catégories plus faibles de la société. Si tel est le cas, alors ces comportements doivent changer. Les principes universels d'égalité entre tous les êtres humains doivent avoir la préséance. Ce sont principalement les régimes autoritaires et totalitaires qui s'opposent à l'universalité des droits de l'homme. On aurait totalement tort de céder à cette conception. Au contraire, on doit imposer à ces régimes de respecter les principes universellement acceptés et de s'y conformer dans l'intérêt plus vaste et à long terme de leurs propres populations.

Le sonnet 116

D.-L. : Vous avez l'autorité morale pour saisir le secrétaire général des Nations unies et lui proposer de créer ce comité des sages.

S. H. : Je suis trop vieux maintenant, ma chère Sainteté. Quand on atteint mon âge, on doit se préparer pour l'après, quelque part. Et laisser les gens qui sont toujours là faire le travail. Je suis si privilégié d'avoir été avec vous, pas seulement hier, mais aujourd'hui aussi, deux fois. La prochaine fois, vous serez peut-être sans moi, je serai ailleurs, mais je penserai à vous, où que je sois je penserai à vous, et j'espérerai que tout ce que vous désirez se réalise, la paix pour tous, la tolérance pour tous, une bonne pensée pour tous, du bon vin et de la belle poésie.

D.-L. : Sachez que mes deux engagements majeurs : favoriser l'harmonie entre les religions d'une part, et d'autre part promouvoir la prise de conscience et les valeurs intérieures – à mes yeux, la source ultime d'une vie réussie, d'une vie avec du sens –, je m'y tiendrai jusqu'à ma mort. Je serai toujours, quoi qu'il puisse arriver, disponible pour ces deux tâches.

INDIGÈNE : Votre Sainteté, vous aimez la poésie ? Avant de nous séparer, nous aimerions que Stéphane, qui connaît par cœur des centaines de poèmes, nous récite le sonnet de Shakespeare qu'il avait glissé dans sa poche en pensant qu'il serait exécuté par la Gestapo, en juillet 1944 : « Ne me pleurez pas lorsque je serai mort... »

S. H. : Non pas celui-ci, ce n'est pas le bon sonnet. Parce que nous avons besoin d'amour, je préfère vous réciter celui-ci :

« *Let me not to the marriage of true minds*
Admit impediment. Love is not love,
Which alters when it alteration finds,
Or bends with the remover to remove.
O no it is an ever-fixed mark
That looks on tempests and is never shaken,
It is the star to every wandering bark
Whose worth's unknown although its height be taken.
Love's not Time's fool though rosy lips and cheeks
Within its bending sickle's compass come,
Love alters not with his brief hours and weeks
But bears it out even to the edge of doom.
If this be error and upon me proved
I never writ nor no man ever loved[17]. »

D.-L. : Superbe !

NOTES
(établies par les éditeurs)

1. Selon le bouddhisme, nous précise Matthieu Ricard, un « être sensible », doué de conscience, est défini par la capacité d'établir une distinction entre le bien-être et la souffrance, ou plus simplement entre le plaisir et la douleur.

2. La loi de causalité renvoie à l'ensemble des interactions entre les causes et les effets qui régissent les phénomènes naturels. Le karma (mot sanskrit qui signifie « action ») se réfère en particulier aux conséquences, en termes de bien-être et de souffrance, d'actions inspirées par la bienveillance ou par la malveillance. Nagarjurna, philosophe indien du IIe siècle de notre ère, est considéré comme un « second Bouddha » pour avoir, comme personne avant lui, étudié la loi de causalité, notamment dans son ouvrage *Les Strophes de la Voie moyenne* ou « Voie du milieu » – autre appellation de l'interdépendance –, laquelle se tient à distance de tout absolu – pas plus de dieu créateur que de nihilisme total : tout est permis, rien n'existe en soi – et sur laquelle, par conséquent, il est possible d'agir. Il faudra attendre le XXe siècle pour que pareille vérité, qui laisse pleinement sa place à la liberté, soit élaborée en Occident avec le phénoménologue allemand, Edmund Husserl (1859-1938), dont l'œuvre va considérablement influencer la philosophie contemporaine.

3. Vingt-six auto-immolations par le feu de religieux – dont deux nonnes – et de laïcs ont été recensées depuis le 16 mars 2011, auxquelles il faut ajouter celle de Tapey, un jeune moine du monastère de Kirti, commise le 27 février 2009, la toute première de cette dramatique série. La grande majorité de ces immolations ont eu lieu dans la province du Sichuan, dans cet Amdo qui formait autrefois l'une des trois grandes régions du Tibet historique dont est originaire le XIVe dalaï-lama lui-même. Plus particulièrement, la communauté monastique de Kirti – qui compte deux monastères au Sichuan dont dépendent une quarantaine de petits temples disséminés sur le haut plateau, et un troisième reconstruit en exil à Dharamsala en 1990 – est considéré comme « l'épicentre du mouvement » par Ursula Gauthier, correspondante permanente du *Nouvel Observateur* à Pékin. Haut lieu de la résistance tibétaine intérieure, cette communauté a été au cœur des émeutes de mars 2008 qui ont vu religieux et laïcs se dresser ensemble contre le génocide culturel perpétré par le gouvernement chinois et ont embrasé la région. Soumis depuis quatre ans à un intense contrôle policier et militaire, à des opérations systématiques de rééducation patriotique, d'allégeance forcée à la République populaire de Chine, les moines de Kirti sont soupçonnés par Pékin d'entretenir des liens actifs avec la résistance extérieure tibétaine. Depuis mars 2011, le régime a encore intensifié sa répression, précipitant non seulement de jeunes religieux à commettre ces formes terribles de suicide, mais des maîtres bouddhistes de haut rang, qui n'ignorent rien des risques de régression karmique – jusqu'à revenir à cinq cents vies en arrière – liés à ces actes ultimes.

4. Père de l'actrice Uma Thurman, Robert Thurman est professeur d'études indo-bouddhiques à l'université de Columbia de New York. Ami intime du dalaï-lama, il a été choisi en 1997 par le magazine *Time* comme « l'un des vingt-cinq hommes les plus influents d'Amérique ».

5. Francisco Varela était un grand neuroscientifique qui co-fonda, en 1987, l'institut Mind and Life dédié aux dialogues et à la collaboration entre scientifiques et spécialistes du

bouddhisme (érudits et contemplatifs). Richard Davidson, « Richie », est l'un des grands spécialistes mondiaux de la vie émotionnelle du cerveau. Il dirige le laboratoire d'imagerie cérébrale de l'université de Madison, aux États-Unis, et depuis quinze ans est à la pointe de la recherche sur les effets de la méditation sur le cerveau. Matthieu Ricard est un moine bouddhiste, docteur en génétique cellulaire, qui vit depuis quarante ans dans l'Himalaya, est l'interprète français du dalaï-lama et a collaboré depuis le début aux recherches sur les effets de l'entraînement de l'esprit et de la méditation sur le cerveau et sur le bien-être.

---

6. Gandhi (1869-1948), « La doctrine de l'épée », *in Young India,* 11 août 1920, hebdomadaire dont il est le rédacteur en chef. Rappelons que Gandhi préconise la non-violence non pas au nom de la morale, mais au nom de la « raison » : « l'autre nom de la non-violence », écrit-il, car la violence heurte la raison par son inefficacité – elle ne fait que l'amplifier, déchaîne les émotions. La non-violence n'est en rien un état passif. Gandhi est un partisan de l'« action directe » : boycotts, jeûne, non-coopération... Il a attisé sa réflexion à la lecture de Tolstoï (1828-1910), le grand écrivain russe, de l'essayiste américain Henry-David Thoreau (1817-1862) et ses écrits sur la désobéissance civile qu'il découvre en prison, y trouvant « la confirmation scientifique » de sa démarche, de même qu'il lit l'Anglais John Ruskin (1819-1900) qui insiste sur le rôle dévastateur de « la guinée », de l'économie de marché. Gandhi se nourrit parallèlement de l'étude du Coran, du Nouveau Testament, de la *Bhagavad-Gîtâ*, le grand poème sacré de l'Inde, entre autres.

---

7. Le 17 décembre 2010, ce jeune vendeur ambulant de Sidi Bouzid, une ville du centre de la Tunisie, est interpellé parce qu'il exerce sans permis. Pour protester contre cette injustice, il s'immole par le feu et mourra le 4 janvier 2011. On considère que son geste est à l'origine de la première révolution du Printemps arabe, culminant en Tunisie le 14 janvier 2011 avec la chute du président Ben Ali, et déclenchant une vague de contestation qui va progressivement s'étendre à la quasi-

totalité des pays arabes et s'appuyer sur de nouvelles formes de non-violence caractérisées par le recours aux réseaux sociaux.

---

8. Mikhaïl Gorbatchev, né en 1931, est élu au poste suprême de secrétaire général du Parti communiste d'Union soviétique (PCUS) le 11 mars 1985. Au-delà d'une politique de « transparence », la glasnost, ou de « restructuration », la perestroïka, ce que Gorbatchev va imposer, c'est une véritable pratique de la non-violence tant sur le plan de sa politique intérieure : il favorise des élections libres pour la première fois depuis la Révolution d'octobre de 1917, il abroge le « rôle de guide et de dirigeant du Parti », libéralise la presse, fait place à un secteur de crédits privés ; que dans sa politique internationale : élu président de l'Union soviétique en 1990 par le Congrès des députés du peuple issu du suffrage universel, mais toujours secrétaire général du PCUS, Gorbatchev préconise la liquidation de l'arme nucléaire et la renonciation à l'usage de la force. Il tente par exemple, comme y songea le dalaï-lama, de dissuader Saddam Hussein d'engager le conflit irakien. Menacé en 1991 à la fois par des forces conservatrices, les ambitions personnelles de concurrents réformateurs, des grèves de mineurs contre la vie chère liée à la persistance des pratiques bureaucratiques, l'éclatement de l'Union soviétique – les Républiques baltes notamment réclamant leur indépendance –, il préfère démissionner pour éviter un bain de sang. Ajoutons que Gorbatchev a signé, en 1986, avec l'Inde et son Premier ministre Rajiv Gandhi, un traité se revendiquant de la non-violence. Il a reçu le prix Nobel de la paix, en 1990, le dalaï-lama, lui, en 1989.

---

9. Nelson Mandela, né en 1918 en Afrique du Sud, avocat de formation, a passé sa vie à militer contre la ségrégation raciale – l'apartheid – imposée par la minorité blanche, afrikaner, au sein de son pays. D'abord pacifiquement, en adhérant en 1944 au Congrès national africain (ANC), lequel est interdit en 1960. Mandela réagit en fondant la branche armée de l'ANC, qu'il dirigera. Une campagne de sabotages contre des installations militaires et publiques lui vaut d'être arrêté et condamné à perpétuité. Libéré en 1990 après vingt-sept ans

d'emprisonnement, il soutient une politique de réconciliation avec le gouvernement du président Frederik De Klerk qui aboutira à la suppression de l'apartheid et qui leur vaudra de recevoir conjointement le prix Nobel de la paix en 1993. En 1994, Mandela devient le premier président noir d'Afrique du Sud. On ne peut manquer de noter combien les années 1990 marquent un grand pas dans le sens de la non-violence.

---

10. Václav Havel, né le 5 octobre 1936 à Prague, dramaturge, fut pendant douze ans – dont cinq passés derrière les barreaux – le chef de file de la dissidence tchécoslovaque. Interdit de publication dans son propre pays pendant vingt ans après sa participation en 1968 au Printemps de Prague écrasé par les chars soviétiques, il fut l'un des principaux animateurs de la Charte 77, manifeste réclamant le respect des libertés et des droits de l'homme puis, en novembre 1989, à l'origine du mouvement d'opposition « Forum civique » qui contraignit les dirigeants communistes à abandonner le pouvoir lors de la Révolution de velours. De décembre 1989 à juillet 1992, il est président de la République de Tchécoslovaquie, puis de nouveau, de 1993 à 2003, à la tête de la République tchèque après la partition du pays entre Tchéquie et Slovaquie qu'il ne parvient pas à éviter. « L'amour et la vérité doivent triompher de la haine et du mensonge », proclamait-il avec les manifestants de 1989, à la veille de mettre son humanisme profond et son goût de la démocratie au service de la société tchèque. Il est mort des suites d'un cancer du poumon, le 18 décembre 2011, une semaine exactement après avoir embrassé le dalaï-lama qu'il avait convié à assister, avec Stéphane Hessel, au Forum 2000 sur les droits de l'homme en Asie du Sud-Est. Ce Forum était dédié au dissident chinois Liu Xiaobo, toujours emprisonné un an après l'attribution de son prix Nobel de la paix pour son rôle dans la rédaction de la Charte 08, un texte inspiré de la Charte 77 et réclamant la démocratisation de la Chine – Václav Havel avait parrainé la candidature au Nobel du dissident chinois.

---

11. Pasteur baptiste afro-américain, Martin Luther King, né à Atlanta le 15 janvier 1929, fut assassiné le 4 avril 1968 à Memphis, Tennessee. Militant non-violent pour les droits

civiques des Noirs américains, pacifiste engagé contre la guerre du Vietnam, exceptionnel orateur – son discours du 28 août 1963, « *I have a dream* », devant le Lincoln Memorial à Washington est devenu mythique – il aura mené des actions tels que le boycott des bus de Montgomery dans l'Alabama pour s'opposer à la ségrégation raciale en matière de transports. La plupart de ces droits seront été promus par le *Civil Right Acts* et le *Voting Rights Act* sous la présidence de Lyndon B. Johnson. En 1964, Martin Luther King devient le plus jeune lauréat du prix Nobel de la paix. Il s'est vu décerner à titre posthume la médaille présidentielle de la liberté par Jimmy Carter en 1977, le prix des Droits de l'homme des Nations unies en 1978 et la médaille d'or du Congrès en 2004. Depuis 1986, le Martin Luther King Day, fêté chaque année autour du 15 janvier, date de son anniversaire, est un jour férié aux États-Unis.

---

12. Albert Camus, lettre à Etienne Benoist, 12 mars 1952, cité par Olivier Todd in *Camus, Une Vie.* Benoist (1901-1954), militant non-violent, laisse une oeuvre posthume : *Le Petit Testament.* « On n'échappe pas à la liberté » – Alençon, Impr. alençonnaise, 1970.

---

13. Le Conseil de sécurité des Nations unies se compose de quinze membres dont cinq permanents – Chine, États-Unis, Russie, France et Royaume-Uni – qui disposent d'un droit de veto. C'est le seul organe non démocratique de l'ONU. Alors que toutes les agences spécialisées de l'ONU fonctionnent selon le principe du vote à la majorité, le Conseil de sécurité requiert l'unanimité de ses cinq membres permanents. Il est certain, rappelle Stéphane Hessel, que ce dispositif était destiné à rassurer au moins l'un de ces cinq « grands » qui aurait craint autrement de voir ses intérêts majeurs mis en danger s'il se retrouvait en minorité. Cette clause de l'unanimité, plus connue sous le nom de « droit de veto », était certes indispensable alors, mais c'est en même temps ce qui a souvent bloqué l'action de l'ONU sur des dossiers brûlants comme actuellement le problème syrien : la Chine et la Russie s'opposent à la condamnation du régime de Bachar Al-Assad souhaitée par la majorité des membres de l'ONU

au regard des crimes commis par le gouvernement syrien à l'encontre de son peuple.

14. En 1984, le lauréat du prix Nobel de la paix s'appelle Desmond Mpilo Tutu. Infatigable militant contre l'apartheid aussi bien que contre les Noirs qui réclament vengeance, cet évêque noir sud-africain n'a cessé de faire passer son message de paix et de non-violence au cours de prédications qui furent un des temps forts de la lutte menée contre les gouvernements afrikaners. En 1986, il est le premier Noir à accéder à la fonction d'archevêque du Cap pour l'Église anglicane d'Afrique du Sud puis, en 1995, devient président de la Commission de la vérité et de la réconciliation créée par Nelson Mandela. Il reste très actif pour défendre les droits de l'homme dans le monde et notamment au Tibet. En mars 2009, il a pris l'initiative d'une lettre signée par dix mille personnes et soutenue par plus de quarante célébrités dans laquelle il exhorte les officiels chinois « à cesser de nommer, blâmer et abuser verbalement le dalaï-lama », appelant aussi le haut-commissariat des Nations unies à visiter le Tibet pour dresser un état de la situation au regard des droits de l'homme.

15. Père François Ponchaud, entretien *in Le Monde* du 6 décembre 2011, propos recueillis par Bruno Philip.

16. René Cassin (1887-1976) est considéré comme le père de la Déclaration universelle des droits de l'homme adoptée par l'ONU le 10 décembre 1948, au palais de Chaillot à Paris. Ancien de la France libre auprès du général de Gaulle à Londres, juriste et diplomate, président de la commission consultative des droits de l'homme auprès du Quai d'Orsay à Paris, il intègre la commission onusienne de douze membres, présidée par Eleanor Roosevelt, la veuve du président américain, chargée de rédiger la Déclaration universelle des droits de l'homme. Stéphane Hessel, à l'époque jeune diplomate, proche collaborateur du Français Henri Laugier – alors secrétaire général adjoint de l'ONU –, est en charge du secrétariat de cette commission et à ce titre assure le lien avec l'Assemblée générale. Cette déclaration devra à Cassin

d'avoir su composer avec les craintes de certains États, y compris la France, de voir leur souveraineté coloniale menacée par cette déclaration – il avait une conception exigeante et interventionniste des droits de l'homme, tout comme Franklin Roosevelt décédé, lui, en avril 1945. C'est en toute justice qu'il reçoit, en 1968, le prix Nobel de la paix.

---

17. Sonnet 116 en français.
« Aux noces de deux esprits fidèles
Je ne peux admettre d'empêchement : l'amour n'est pas l'amour
S'il change lorsqu'il trouve ailleurs,
Ou s'éloigne lorsqu'il voit l'autre s'éloigner.
Oh non ! il est un feu à la flamme immuable
Au cœur de la tempête, jamais ébranlé !
C'est une étoile pour tout navire errant,
Dont on mesure la hauteur, si on en ignore les effets.
L'amour n'est pas le bouffon du temps,
Même si ses lèvres et ses joues roses
Sont tranchées par l'arc de sa faux ;
Il ne subit pas l'altération des jours ni des semaines,
Mais survit inchangé jusqu'à la fin des temps.
Si je dis faux, et qu'on me le prouve, je répondrai :
Je n'ai jamais écrit et nul n'a jamais aimé. »
(traduction des éditeurs)

BIBLIOGRAPHIE SÉLECTIVE

Les quatre ouvrages mentionnés ci-dessous sont disponibles en livres de poche.

Au loin la liberté
Dalaï Lama
Écrit à la première personne, cet ouvrage est, aux dires mêmes des proches du dalaï-lama, une très bonne introduction à la culture tibétaine, exposée depuis un demi-siècle à un féroce génocide.

Danse avec le siècle
Stéphane Hessel
Stéphane Hessel tel qu'en lui-même : mélange heureux entre goût du risque et respect d'autrui ; entre amour de la poésie et penchants libertaires. On n'en comprend que mieux le succès planétaire d'*Indignez-vous !*

Plaidoyer pour le bonheur
Matthieu Ricard
Docteur en génétique cellulaire et en études bouddhiques, Matthieu Ricard s'appuie sur les bienfaits de la méditation, autant que sur les recherches scientifiques les plus modernes, pour témoigner d'une science du bonheur.

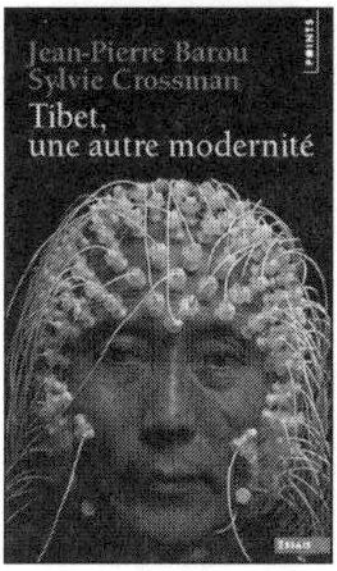

Tibet, une autre modernité
Jean-Pierre Barou et Sylvie Crossman
Un vrai roman de l'esprit, a-t-on pu dire, de ce livre qui identifie la pratique d'une autre modernité, vouée au progrès de l'esprit, sans rien cacher des zones sombres de l'histoire du Tibet.

Imprimé sur du papier FSC,
issu de forêts gérées durablement,
à Barcelone, sur les presses de Beta (ES),
imprimeur labellisé pour ses pratiques
respectueuses de l'environnement.